Georg Wenker

Das rheinische Platt

Antigonos

Georg Wenker

Das rheinische Platt

Unveränderter Nachdruck der Originalausgabe von 1877.

1. Auflage 2024 | ISBN: 978-3-38642-309-0

Antigonos Verlag ist ein Imprint der Outlook Verlagsgesellschaft mbH.

Verlag: Outlook Verlag GmbH, Zeilweg 44, 60439 Frankfurt, Deutschland
Vertretungsberechtigt: E. Roepke, Zeilweg 44, 60439 Frankfurt, Deutschland
Druck: Libri Plureos GmbH, Friedensallee 273, 22763 Hamburg, Deutschland

Das rheinische Platt.

E Böökske joot för Jong on Alt!
Da könnd er lihre, wie mer kallt
Der ganze Rhing von Cublenz an,
On och en Kaat es henge dran.

Den

Lehrern des Rheinlandes

gewidmet von

Dr. G. Wenker.

2. Auflage.

Düsseldorf.
Im Selbstverlage des Verfassers.
1877.

Ein Histörchen als Einleitung.

Zu Köln war große landwirthschaftliche Ausstellung. Da
bin ich auch hingegangen; wenn aber Einer meint, ich wäre der
Sachen wegen hingekommen, die da all' zu sehen waren, so irrt
er sich gewaltig, und es räth auch so leicht Niemand, was ich
denn eigentlich da auf der Ausstellung wollte.

Ich werde auch wohl der einzige unter all' den tausend
Menschen gewesen sein, der die Ausstellung besuchte, um 'mal
wieder recht echt platt sprechen zu hören. Das konnte man aber
auch da haben! Da waren Leute aus allen Ecken der Rhein=
provinz, von Aachen und aus dem Bergischen, aus der Eifel und
aus dem Oberland. Ich strich den ganzen Morgen überall herum,
sah viel und hörte noch mehr, und wär' wohl noch länger da
geblieben, wenn's nicht ein ganz schrecklich heißer Sommertag ge=
wesen wäre. Drum ging ich denn in's nächste Wirthshaus, wo
ich gutes Bier wußte, um mir da mit einem kleinen Frühschoppen
all' den Staub, den ich geschluckt, wegzuspülen. Da drinnen im
Wirthshaus war's aber schon pinnevoll, wie sich Jeder denken
kann, und ich fand mit Mühe noch ein Eckplätzchen an einem Tisch
frei. Ich hatt's übrigens gut getroffen, wie ich bald merkte, denn
an dem ganzen Tisch waren kaum Zwei, die aus demselben Ort
gewesen wären. Da saß ein fideler Herr mit zwei lustigen Augen
ein Kölner vom reinsten Wasser, der führte offenbar das erste
Wort. „No, Ehr Häre", fragte er lachend, „han ich üch keine
jode Roth jejewwe, met mer heher zo jonn? Es dat nit e schön
Gläschen Beer?" — „Dat aß sching Bier, dat moß mer sohn!"
sagte sein Nachbar, ein wohlbeleibter Bauersmann im blauen
Kittel mit einem sonnverbrannten Gesicht, und trank einen kräf=
tigen Schluck. „Wat senn dann dat lo hanne für zwu sching
Heiser?" fragte er dann den Kölner und wies durch's Fenster.
Mein Kölner sah in die Richtung und schüttelte den Kopf: „wat
sall do sinn? ich sinn nix andersch als zwei Hühser." — „Do
hätt be Hähr jo och noh gefrogt!" wandte ich mich jetzt lächelnd
an die Beiden, „mer soge he: zwei Hühser, äwwer do hingen
im Trier'sche, do heeßt dat: zwu Heiser. Sibb ehr nitt us'm

Trierſche zu Huhs?" fragte ich dann den Dicken im blauen Kittel.
Der nickte erſtaunt: „Eich ſenn ous Lahr, dat leit bei Neuerburg.
Ewel Der ſibb wohl bekant bei ihs, dat Der ſu goud ihs Sprooch
verſtit?" — „Ne! erwiederte ich ihm, „ich bin mi Lewe noch nitt
bei Neuerburg oder bo erümm gewäſe." — „Wo hatt Ehr
dann dat dolle Platt geleh't, dat kann ſo keine Minſch vun uns
all he verſtonn?" fuhr jetzt der Kölner neugierig heraus, und ein
Andrer, ein breitſchultriger Rieſe mit großem Vollbart meinte:
„Ne, eck häbb der nex van verſtanbe, wat gey dorr ſo effes ver=
tellt häbt," und dabei lachte er recht gemüthlich. „Na, Ehr ſibb
ſecher us'm Clev'ſche!" ſprach ich Den jetzt an, „on wenn ech Oech
noch fönf Minutte kalle hör', dann well ech Oech och ſage, us
welcher Gegend Ehr zu Huhs ſibb." Er ſchüttelte ungläubig den
Kopf: „En feiv Minütte? dat kann eck ollij nit well glöwe; on's
Clevß Land eß groot." — „O, ich hann et ſchon eruhs, Ehr ſibb
us Cranenburg, oder keen zwei Stonb dervon gebörtig!" Der
Mann ſah mich ganz verdutzt an und es dauerte eine Weile,
eh' er in ſeinem Staunen herausbrachte: „Eck ſij van Zyfflich to
Hüß, marr wi könt gellij dat weten?" „Aha", verſetzte ich, „hann
ich et nit geſaht! Zyfflich lit nit wihder als een Stond von
Craneburg af." Da ſaß ein kleiner Herr mit einer großen Brille
mir grad' gegenüber, der hatte bisher ſtumm zugehört; jetzt wurde
es dem zu bunt, und er fragte mich verſchmitzt: „Kunnt Ett mie
dann ok ſägen, wo ek her ſinn? Ett ſind jo ſo geliehrt as en
Bauk," und dabei reichte er ſeine Schnupftabaksdoſe herum. „Hm",
ſagte ich, „Ehr ſibb entweder uhs dem Weſtfäliſche, oder Ehr
mößt bo bei Gummersbach zu Huhs ſenn." Der kleine Herr
wollte grade nieſen, aber das vergaß er vor lauter Schreck, und
erſt als der Kölner ihn lachend fragte: „Na, wo ſibb Ehr dann
her?" brachte er nieſend die Worte heraus: „Ut Herreshagen,
hazziah! — bie Gummersbach, hazziah!"

Jetzt hätte Einer den Tumult ſehen ſollen! Es war gut,
daß es im ganzen Lokal recht munter herging, ſo daß wir an
unſerm Tiſch nicht beſonders auffielen. Mein Kölner wollte aber
nun in allem Ernſt erfahren, wie ſo was möglich wär', und die
Andern waren ebenſo verſeſſen drauf, daß ich ihnen die Sache
erklärte. Da hab' ich denn den Herren auseinandergeſetzt, daß
ich gar nicht etwa mit dem Teufel im Bunde ſteckte, ſondern daß
das Alles mit ganz natürlichen Dingen zuging. Daß ich nämlich
ſchon ſeit langer Zeit eine große Liebhaberei für die platte Sprache
in unſerem Rheinlande gehabt hätte und daß ich nun, um die
Sache 'mal ganz gründlich kennen zu lernen, mich an alle Lehrer
in der ganzen Rheinprovinz gewandt hätte um Mittheilungen
in dem Platt, wie es in ihrem Orte geſprochen würde. Daß dann
die allermeiſten mir auch den Gefallen gethan hätten, und daß
ich badurch das Platt von über 1500 Orten ſchön ſchwarz auf

weiß zu Hause liegen hätte. Daraus wollte ich nun eine Karte zusammenstellen über all' die verschiedenen Mundarten, wie sie bei Cleve und bei Elberfeld, bei Gladbach und bei Eupen bis herauf an die Mosel heutiges Tages gesprochen werden. Und weil ich zufällig das Büchelchen bei mir hatte, in dem all' die Namen und Adressen der Lehrer standen, so zog ich das denn hervor und zeigte es rund. Da ging denn aber das Fragen los, hast du nicht gesehn! Wo Herreshagen und Zyfflich und all' die andern Orte, aus denen grad Einer da war, geschrieben ständen und wie die Lehrer von da hießen. Und wie Alles hübsch stimmte und der Dicke im blauen Kittel mit Vergnügen erfahren, daß sein Nachbar daheim, der Lehrer Fandel, auch b'rin stand, und als sich nun Alle wieder einigermaßen beruhigt hatten, da meinte mein Kölner, indem er und die Andern alle auch fröhlich mit mir anstießen: „Weßt Ehr no, minge leeve Hähr, wat ich jitz bäht, wann ich op örer Stell wör? Ich ging jitz her un schrevv e klei nett Böchelchen üvver et janze Rhingsche Platt, dat mer bo doch ens jett brüvver lese künnt. Dann bat intresseert Onsereiner doch och jett, dat es net bloß sujett för Uech geleh'te Hähren. Un ich mein, dat Platt es doch zo ehsch uns Sach, dann meer sprechen et der janze Dag un hann uns Freud dran!" Das war richtig gesprochen, und die Andern am Tisch waren all' damit einverstanden. Drum hab' ich denn ihnen Allen beim Abschied das versprechen müssen, daß ich den Vorschlag unseres Kölners ausführen wollte. Das hab' ich denn hier gehalten, so gut ich's konnte und hab' ein kleines Kärtchen dazu gezeichnet, damit Alles viel klarer wird. Weil ich aber doch all' die Mittheilungen, aus denen ich das Ganze zusammengestellt habe, den Lehrern in all' den einzelnen Orten verdanke, so hab' ich's den Lehrern auch gewidmet. So mag's denn hinaus gehn und mag allen Denen, die mir von nah und fern her geholfen, meinen besten Dank sagen! Und recht zufrieden will ich sein, wenn es sie Alle „monkter on gesonk", wie der Rheinländer sagt, antrifft und wenn's ihnen Allen eine kleine Freude macht.

Unfer lieber Rhein erlebt auf feinem Laufe durch die Schweiz
und durch Deutfchland allerlei Namensveränderungen. Wo er
entfpringt, hoch auf dem St. Gotthard, da taufen fie ihn Rhi
und diefen Namen behält er bei, bis er den Bodenfee verlaffen
hat und dann an Bafel vorbeigefloffen ift. Da wird er zum
Rhien gemacht, doch das dauert nicht lange, denn fchou in der
bayrifchen Pfalz fpricht man nicht mehr vom Rhien, fondern
vom Rhein. Aber wenn der „Badder Rhein“ fich Mainz und
Bingen und Coblenz befehn und feine fchönften Weinberge im
Vorbeigehn begrüßt hat, dann muß er fich bald wieder einen
neuen Namen gefallen laffen. Nieder-Breifig auf dem linken
und Hönningen auf dem rechten Ufer find die letzten Orte,
wo man ihn Rhein nennt, Sinzig dagegen und gegenüber
Leubsdorf, Dattenberg und Linz liegen am Rheng.
Und jeder Bonner oder Kölner oder Düffeldorfer weiß ja, daß er
ebenfalls am Rheng oder Rhing wohnt. Unterhalb Düffel=
dorf, auf dem linken Ufer fchon von Büderich, 1 Stunde von
Düffeldorf, an, auf dem rechten aber erft unterhalb Ehingen,
gegenüber Uerdingen, verwandelt fich der Name auf’s Neue
und für eine kurze Strecke, bis unterhalb Orfoy, heißt’s nun
Rhien, dann aber Rhinn, und als Rhinn tritt der Fluß in
Holland ein, wo er noch einmal zum Schluß feinen frühern
Namen Rhein (gefchrieben Rijn) bekommt.

Bei fo viel Schickfalen ift es ein wahres Glück, daß fein
Lieblingskind, der Wein, überall treulich fein Loos mit ihm theilt.
Sonft könnte man ja bloß hochdeutfche Gedichte machen auf den
Vater Rhein und feinen Wein. So aber ift das in allen Mund=
arten möglich, denn wo man Rhein fagt, fagt man auch Wein,
und wer am Rhing wohnt, trinkt Wing, und Rhinn und
Winn, Rhien nnd Wien, Rhi und Wi gehen ftets zufammen,
wie fie ja auch von Rechtswegen zufammen gehören.

Aus diefen zwei Wörtern, Rhein und Wein, können wir
nun fchon zwei wichtige Grenzpunkte für die Mundarten in un=
ferm Rheinlande herauslefen. Denn wo man aufhört „Rhein“
zu fagen und anfängt, vom „Rhing“ zu fprechen, alfo bei Sin=
zig, da hört die eine Mundart auf und es fängt eine zweite an.
Und wo der Rhing zum Rhien oder Rhinn wird, alfo kurz
unterhalb Uerdingen, da haben wir die dritte rheinländifche

Mundart. Jetzt wollen wir emal untersuchen, wie sich denn die Sache landeinwärts von diesen beiden Punkten am Rhein nach Westen und Osten verhält. Vorher aber wollen wir von zwei kleinen Gebieten in der Rheinprovinz reden, welche in ihrer Sprache ganz von der Umgegend verschieden sind.

Im Anfang unseres Jahrhunderts, noch bei Lebzeiten der Königin Louise, also vor dem Jahre 1810, wollte eine größere Anzahl von Landleuten aus der bayerischen Pfalz aus Europa auswandern. Sie waren glücklich bis nach Holland gekommen, da wurden sie von habsüchtigen Agenten um ihre geringe Baarschaft betrogen und konnten nun weder vorwärts noch rückwärts. Denn Eisenbahnen gab's damals noch nicht, und ohne alle Mitte. sich in ihr fernes Heimatland durchschlagen, das ging nicht an! In ihrer Noth wandten sie sich an die damalige Königin von Preußen, und durch die Verwendung derselben erhielten sie den östlichen Theil des großen Reichswaldes im Clevischen zur Ausrodung und Bebauung angewiesen. Dort haben sie dann drei Colonien gegründet und sie zum ewigen Andenken an die hochherzige Königin Louise und zur bleibenden Erinnerung an ihr eigenes Heimatland, die Pfalz, Louisendorf, Neulouisendorf und Pfalzdorf genannt. Ihre pfälzer Sprache und Tracht und Sitten haben sie treu bewahrt und so kommt es, daß man heutzutage mitten im Cleverlande, zwischen Calcar, Goch und Uedem, die Leute in echtem pfälzer Dialect sprechen hört, der fast in jedem Worte anders ist als der clevsche.

Nun müssen wir uns an ein ganz anderes Ende der Rheinprovinz versetzen — nach Malmedy. Malmedy liegt nur ½ Stunde von der belgischen Grenze entfernt, und in Malmedy und etwa 25 Ortschaften ringsum spricht man von Alters her kein deutsches, sondern ein französisches Platt, dasselbe wie im benachbarten Belgien. Die letzten deutschen Orte nach Westen zu heißen Weiwerz, Schöppen, Iveldingen und Recht, und trotzdem daß z. B. Weiwerz nur ¼ Stunde von dem nächsten französischen Orte Champagne entfernt ist, findet doch gar keine Mischung zwischen den beiden Sprachen statt, sondern der eine Ort ist ganz deutsch, der andere ganz französisch.

Von Malmedy reisen wir nach Uerdingen zurück und wollen uns einmal erkundigen, wie in dortiger Gegend ein einfaches Wörtchen, das Jedermann kennt und Jedermann jeden Tag gebraucht, auf Platt heißt, ich meine das Wörtchen „ich". In Uerdingen sagt man ech und ebenso in Hohenbudberg, das ½ Stündchen nördlicher liegt. Geht man aber noch ½ Stunde weiter nach Norden zu, nach Rumeln, so hört man nicht mehr ech, sondern eck, und nun kann man nach Norden reisen bis an die Nordsee, man findet kein ech mehr, sondern nur eck oder ick. Aber wie sieht's denn vom Rhein nach Osten und Westen damit aus?

Nach Westen zu ist die Sache sehr einfach, man zieht von Rumeln eine fast gerade Linie quer durch's Land bis zur holländischen Grenze, so trennt diese alle Orte, welche eck für ich sagen, von allen, welche statt dessen ech haben. Oestlich vom Rhein läuft dieselbe Grenzlinie bis zur Ruhr grade weiter, dann aber macht sie, wie das Kärtchen zeigt, einen Bogen nach Süden zu, geht zwischen Elberfeld und Sonnborn durch und kommt östlich von Eckenhagen im Kreise Waldbröl an die westfälische Grenze.

Nun giebt's noch ein zweites Wörtchen, das man ebenfalls sehr oft im Munde führt, nämlich „auch". Dem ergeht's ganz grade so, wie dem „ich", denn in allen Orten, wo man ech sagt für ich, sagt man och für auch, und überall, wo man für ich eck oder ick gebraucht, heißt das hochdeutsche auch auf platt ok. Also trennt unsre Uerdinger Grenzlinie alle diejenigen Orte, in welchen ich und auch das ch im Platt beibehalten, von allen denjenigen Orten, in welchen dieses ch in k verwandelt wird. „Aha", wird jetzt Mancher denken, „in dem ch steckt's! Und wenn das ch von ich und auch so schön nach einer und derselben Grenzlinie sich in k verwandelt, so wird's wohl auch bei allen andern hochdeutschen ch der Fall sein." Und dabei hat er nicht ganz Unrecht. Wir wollen mal einige von den vielen Wörtern mit ch nehmen, z. B. Kuchen, machen, rauchen, Sache, Buch, sprechen, gebrochen, weich, reich und nachfragen, was im Plattdeutschen an den einzelnen Orten aus diesem ch wird! Da findet sich denn, daß nördlich von unsrer Uerdinger Linie in all' diesen Wörtern ein k gesprochen wird, niemals ein ch, wie Jeder, der da geboren ist, sehr leicht erfahren kann. Nun müßte man aber auch südlich von unsrer Grenze überall ein ch hören, das ist jedoch nicht der Fall, sondern ein ganz breiter Streifen, der an der holländischen Grenze am breitesten ist, nach Osten zu aber immer schmaler wird und bei Wipperfürth ganz spitz beiläuft, hat in Kuchen, machen, rauchen und all diesen Wörtern doch noch ein k, obgleich er in ech und och für ich und auch das ch hat! Kommt man aber noch weiter nach Süden, so hören alle k in all diesen Wörtern auf, und man findet lauter ch wie im Hochdeutschen.

Da müssen wir denn, wenn wir mit dem ch und k in's Reine kommen wollen, noch eine zweite Grenzlinie ziehen! Diese geht nördlich von Benrath über den Rhein, darum wollen wir sie die Benrather Linie nennen, und sie läuft nach Westen zu in einem Bogen bis südlich von Geilenkirchen an die holländische Grenze, nach Osten aber ziemlich grade, bis sie bei Wipperfürth mit der Uerdinger Linie zusammentrifft. Von da an laufen beide ganz genau zusammen. Ganz seltsamer Weise kommt unsre Benrather Linie noch einmal über die holländische Grenze zurück, und zwar zwischen Aachen und Eupen, und schneidet ben westlichsten Theil des Kreises Eupen ab, denn hier finden wir ebenfalls ein k in Kuchen, machen, suchen u. s. w., aber in ich und auch ein ch.

Sehen wir uns aber die Benrather Grenzlinie mal etwas genauer an! Ohne viele Sprünge und Winkelzüge zu machen, zieht sie sich hübsch einfach quer durch die ganze Rhein=provinz, oft zwischen zwei Orten hindurch, die nicht weiter als ½ Stündchen von einander entfernt sind und — hört man in irgend einem Orte südlich von dieser Linie platt sprechen, so fin=det man in allen Wörtern, die im Hochdeutschen ein ch in der Mitte oder am Ende haben, dasselbe ch wieder im Platten; kommt man aber in den nächsten Ort nördlich von der Benrather Linie, so hat das Platt wie mit einem Zauberschlage alle diese ch, bis auf das in ich und auch und noch ein paar Wörtern, in k verwandelt!

Und was das Schönste ist: das ist noch gar nicht einmal Alles, was sich bei jener Benrather Linie so plötzlich ändert! Alle hochdeutschen ss und ß in der Mitte oder am Ende der Wörter, z. B. in essen, heiß, Kessel, Schüssel, Schlüssel, geschossen, groß, lassen, Fuß, beißen, findet man im Platt in allen Orten südlich der Benrather Linie grade so wieder, und nördlich von ihr steht statt dessen überall ein t und es heißt: eeten oder iäten für essen, grot oder grut für groß u. s. w. Nur nahe am Rhein gehn die ss und ß noch etwas mehr nach Norden, bis nördlich von Düsseldorf; darüber darf man sich aber gar nicht verwundern, denn am Rhein ist von Alters her ein lebhafter Verkehr gewesen, so daß es sehr natür=lich ist, wenn heutzutage am Rhein und nahe daran die Dialecte sich etwas vermengt haben. Und ganz ebenso, wie dem ch und ss und ß ergehts dem f oder ff in der Mitte oder am Ende der hochdeutschen Wörter, z. B. in Schiff, schlafen, rufen, tief, besoffen, Löffel! Denn nur südlich von der Benrather Linie hat das Platt hier ein f wie das Hochdeutsche, nördlich dagegen finden wir ein p, statt des f oder ff, z. B. lopen statt laufen, beep statt tief, schlopen statt schlafen u. s. w. Und noch mehr! Alle hochdeutschen Wörter, die mit z anfangen, wie Zeit, zwei, zwölf, zwanzig, zu, Zahl, Zeug, Zahn, Zehe, zehn haben südlich der Benrather Linie, nahe am Rhein aber auch noch nördlicher, bis hinter Kaiserswerth, ebenfalls z im Platten, dagegen nördlich der Benrather Linie und am Rhein nördlich von Kaiserswerth fangen sie alle mit t an, so daß es nun Tied für Zeit, twei, twälf u. s. w. heißt. — Alles das gilt natürlich auch von dem kleinen Eckchen bei Eupen, von dem wir oben gesprochen haben. Damit aber Jedermann vollends klar einsieht, wie wichtig die Benrather Sprachgrenze ist, will ich noch hinzufügen, daß diese selbe Grenzlinie sich nach Osten hin quer durch das ganze deutsche Reich fortsetzt, bis an die polnische Grenze, und daß alle deutschen Mundarten südlich von dieser ganzen Linie bis hinauf in die Schweiz und bis nach Oestreich hin, mögen sie heißen, wie sie wollen, und mögen sie in andern Dingen himmelweit von einander verschieden sein, diese ch und ss und ß, und f und ff in der Mitte und am Ende und die z am Anfang der Wörter mit dem Hochdeutschen gemeinsam haben, und daß dagegen alle Mundarten nördlich von dieser Linie bis an die Nord= und Ostsee und weiter sogar das Holländische und Dänische und jenseits des Meeres das Englische und Schwedische und Norwegische, ja sogar das Isländische, die ja alle mit dem Deutschen noch eine gewisse Aehnlichkeit haben, keine ch und ss und f und z mehr kennen, sondern an Stelle derselben überall k und t und p und im Anfang der Wörter t sprechen.

Nun wird wohl Niemand mehr im Zweifel darüber sein, daß die Benrather Grenze eine der allerwichtigsten im ganzen Rheinlande sein muß! Das wollen wir uns denn aber auch gründlich merken!

„Aber", so höre ich jetzt den Einen oder Andern fragen, „warum haben wir denn im Anfang uns alle die Mühe gegeben mit der Uerbinger Linie? die ist denn doch wohl ganz über= flüssig!" Allerdings, wenn's blos die zwei Wörtchen ich und auch wären, für die wir da eine Grenze gezogen haben, dann wäre das sehr thöricht. Denn dann könnten wir uns dran halten und Grenzlinien ziehen kreuz und quer, und die Karte sähe zuletzt aus wie ein rothes Spinngewebe und jeder Ort hätte seinen eigenen Dialect.

Wie aber, wenn noch eine ganze Reihe andrer Eigenschaften das Platt nördlich von der Uerbinger Linie scharf und deutlich von dem südlich herrschenden trennten? Und so ist es in der That. Wir wollen zuerst einmal die linke Rheinseite vornehmen. In allen Orten südlich von der Uerbinger Linie heißt ihr auf platt ehr, oder ühr, euch heißt öch oder üch, euer heißt öre, üre, alles Wörter, die dem Hochdeutschen ganz ähnlich sehen. Nördlich von der Uerbinger Grenze aber lautet ihr gej oder ge, euch lautet ou oder ow, euer heißt oue oder owe, also ganz anders als im Hochdeutschen, dagegen sehr ähnlich wie im Holländischen, wo es gej, u und üw heißt (geschrieben gij, u und u w.)

Ferner alle Wörter mit nd in der Mitte, wie finden, binden, Kinder, anders, Hände, gefunden haben nörd= lich von Uerbingen ebenfalls nd und grade so haben sie nd im Holländischen; südlich aber steht statt des nd meistens ng und es heißt fenge, benge, angersch, Kenger u. s. w. Und nd am Ende der Wörter, wie Hund, gesund bleibt nördlich nd, aber südlich heißt's Honk oder Honkt, Kenk oder Kenkt, und Win=

ter, munter lauten nördlich Wenter, monter, südlich Wenkter, monkter. Nun will ich nur noch Eins erwähnen, dann wird's wohl genug sein. Wenn Einer dem Andern den Laufpaß giebt, dann sagt er auf hochdeutsch: geh'! oder geh' heim! wenn er aber platt spricht, so sagt er nicht: geh'! sondern, wenn er südlich von der Uerdinger Grenze gebürtig ist, sagt er: jank! oder jonk (letzteres nach der holländischen Grenze zu), ist er aber nördlich von der Uerdinger Linie zu Haus, so sagt er: gon oder goj! (an der holländischen Grenze). Die Uerdinger Grenze ist also gar nicht zu verachten, denn nördlich von ihr herrscht ein ganz anderes Platt als südlich. Und zwar ist das Platt, das auf der linken Rheinseite von Uerdingen bis abwärts nach Cleve gesprochen wird, im Großen und Ganzen ein und dasselbe, und es ist von allen deutschen Mundarten diejenige, die dem Holländischen am ähnlichsten ist. Wir wollen sie die niederrheinische nennen.

Dieser niederrheinische Dialect geht aber auch über den Rhein hinüber, denn nirgends bildet der Rhein eine Sprach- oder Dialectgrenze. Allein rechts vom Rhein gehört nur ein etwa 1 Meile breiter Streifen zu dieser Mundart; östlich von der auf dem Kärtchen angegebenen Linie zwischen Isselburg und Rees beginnt das westfälische Platt. Hier sagt man nicht mehr gej statt ihr, sondern ej, ij, und im Kreise Essen gitt, dann südlicher gött oder gett und bei Wipperfürth und Gummersbach ätt. Und euch heißt nur von Isselburg bis in die Lippegegend noch u oder ou wie im Niederrheinischen, von Essen an aber lautet's ink, enk oder önk. Das nd aber in der Mitte der Wörter wird im Westfälischen nicht zu ng wie südlich von der Uerdinger Grenze, sondern zu nn, also finnen, binnen, Kinner, gefunnen u. s. w. Ein andrer Unterschied, der das Platt von ganz Westfalen scharf scheidet von allen rheinischen Mundarten, zeigt sich in den Formen für ich gehe, ich stehe, ich thue, ich schlage, diese heißen nämlich am Rhein gonn, stonn, donn, schlonu oder gohn, stohn, dohn, schlohn, also alle mit n am Ende. In ganz Westfalen heißen sie goh, stoh, dau, schloh, also ohne n am Ende. An einem dieser Wörter kann man sofort erkennen, ob Einer westfälisches Platt spricht oder rheinisches. Endlich fallen Jedem zwei Eigenthümlichkeiten des Westfälischen sehr leicht in's Ohr, wenn er über die Uerdinger Linie nach Westfalen zu geht: Der Westfale verwandelt alle, langen u des Hochdeutschen, z. B. in Buch, Tuch, Fuß, Hut, Blut, in au, sagt also: Bauk, Dauk, Faut, Haut, Blaut, und er verwandelt die meisten ie in ei, sagt also statt lieb, tief, Brief: leiw, deip, Breif. Das fehlt in allen Mundarten am Rhein, auch in der Gegend von Isselburg und Schermbeck kennt man es noch nicht.

Nun muß ich noch bemerken, daß die Grenze zwischen dem

Niederrheinischen und dem Westfälischen sich überhaupt nicht so scharf bestimmen läßt, das kommt sehr einfach daher, daß diese beiden Mundarten ziemlich viel Aehnliches haben und sich daher von Alters her leichter haben vermengen können.

Wir haben nun schon 2 Mundarten gefunden, 1) das Niederrheinische von Uerdingen rheinabwärts bis zur holländischen Grenze, 2) das Westfälische, das einen langen Streifen an der Grenze der Provinz Westfalen einnimmt. Was machen wir nun mit dem Gebiet zwischen der Uerdinger und der Benrather Linie? Herrscht hier auch eine besondere Mundart? Nein! sondern das Platt, das hier gesprochen wird, ist ein Gemisch aus den nördlich und südlich angrenzenden Mundarten. Daher kommt es, daß in diesem ganzen Gebiet, also in den Kreisen Geilenkirchen, Heinsberg, Erkelenz, Kempen, Gladbach, Crefeld und der Nordhälfte des Kreises Neuß, ferner in den rechtsrheinischen Kreisen Düsseldorf, Mettmann und der nördlichen Hälfte von Solingen und Lennep fast mit jedem zweiten, dritten Ort der Dialect ganz auffallend schon verändert klingt. Und zwar gilt dies ganz besonders von der linken Rheinseite und dem flachen Streifen rechts vom Rhein bei Düsseldorf, aus dem einfachen Grunde, weil in ganz flacher Gegend sich die Völker viel leichter vermengen konnten als in den Bergen. Daher können wir auch nur in den Bergen, im sogenannten Bergischen, noch einige Grenzlinien mit Sicherheit ziehen. Und dazu wollen wir die Wörter Rhein und Wein benutzen. In Düsseldorf sagt man bekanntlich Rhing und Wing, auch in der Umgegend; sobald aber die Berge anfangen, östlich von Ratingen und Hilden, hört man Rhien, Wien oder Rhinn, Winn, und damit sind wir im bergischen Dialect. Dieser zerfällt aber wieder in 4 Unterdialecte: 1) den Solinger, 2) den Remscheider, 3) den Mettmanner, 4) den Wülfrather Dialect. Der Mettmanner und Solinger hat ehr, öch, ühr für hochdeutsches ihr, euch, euer, der Wülfrather und Remscheider aber schon gött und önk. Die beiden nördlichen, Mettmann und Wülfrath, gebrauchen mich und dich statt mir und dir, gerade wie man auch in Düsseldorf sagt: dat sag' ich Dich! oder: geff mich dat! niemals: dat sag' ich Dir! oder: geff mir dat! Im Solinger wie im Remscheider Dialect aber heißt's wie im Hochdeutschen: mir und dir auf die Frage wem? und mich und dich auf die Frage wen? Der Solinger hat Winn, Rhinn, die drei anderen Dialecte aber Wien, Rhien. Am schönsten aber scheiden sich die vier bergischen Dialecte durch die Art, wie sie Verkleinerungswörter, wie Stöckchen, Häuschen, Bäumchen, Bänkchen bilden. Wenn man die Verkleinerungswörter untersuchen will, so muß man auf zweierlei Acht geben: 1) muß man die Wörter, die auf k, ch, g, ng endigen, genau von allen andern trennen, diese nehmen eine andere

Endung an als die andern; das kommt aber bloß daher, weil man nicht bequem Büchchen, Tüchchen, Aeugchen sagen kann und man deshalb einen Buchstaben zur Erleichterung hat einschieben müssen; 2) aber muß man bei den Verkleinerungswörtern darauf achten, wie die Mehrzahl gebildet wird. Nun finden sich in den vier bergischen Dialecten folgende deutliche Unterschiede bei den Verkleinerungswörtern:

1) Der Mettmanner Dialect hat nach Wörtern, die auf k, g, ch, ng endigen, die Verkleinerungssilbe =sken und in der Mehrzahl =skes, also z. B. dat Bänksken, die Bänkskes (hochdeutsch das Bänkchen, die Bänkchen), nach anderen Wörtern aber lautets =ken und =kes, also dat Bömken, die Bömkes (Bäumchen).

2) Der Solinger Dialect hat:
dat Bänksken aber die Bänksker, also mit r in der Mehrzahl nicht mit s, ebenso dat Bömken, die Bömker.

3) Der Wülfrather Dialect hat Alles genau wie der Mettmanner,

4) der Remscheider hat:
dat Bänkelschen, die Bänkelscher, also nicht sken sondern elschen, und in der Mehrzahl r nicht s, ferner dat Bömken, die Bömker wie der Solinger.

Nun wirds aber Zeit, daß wir von dem bergischen Lande Abschied nehmen und uns mal südlich von Benrath umsehen. Zum Schluß wollen wir uns noch merken, daß der bergische Dialect sich nicht ganz auf einmal von dem westfälischen abtrennt, sondern daß die Orte, die wie Elberfeld, Lennep an der Grenze liegen, Eigenthümlichkeiten aus beiden Dialecten durcheinander besitzen.

Jetzt reisen wir all zusammen nach Köln. Köln, die uralte Stadt, hat einen besonderen Stadtdialect, d. h. es hat den Dialect, der ringsumher auf dem Lande herrscht, etwas mit hochdeutschen Eigenthümlichkeiten vermengt, was sich auch in andern größern Städten findet. Man sagt z. B. in Köln Kleider, rein, klein, aber auf dem Lande ringsum Kleeder reen, kleen, oder: der Kölner sagt Baum, Auge, rauche, die Umgegend Boom, Ooge, rooche, und so noch andre Sachen. Davon abgesehen aber ist Köln der eigentliche Mittelpunkt einer großen, die ganze Mitte der Rheinprovinz einnehmenden Mundart. Diese hat man die niederfränkische genannt, und unter dem Namen wollen wir sie uns denn auch merken. Nach Norden ist die Benrather Linie ihre Grenze, und wir wissen schon, daß nördlich von dieser Grenze ein Platt herrscht, das aus dem Niederrheinischen und eben aus diesem Niederfränkischen, das um Köln herum gesprochen wird, sich zusammen gemischt hat. Wie aber nach Westen, also nach Aachen, zu und nach Süden und Osten hin das Niederfränkische begrenzt wird, das wollen wir nun untersuchen.

Im Westen, das haben wir oben schon gesehen, ist die Benrather Linie zwischen Eupen und Aachen noch einmal zurückgekehrt und hat den westlichen Theil des Kreises Eupen abgetrennt. Hier herrscht also ebenso wie nördlich von der Benrather Linie, Mischmundart. Wir müssen aber noch eine zweite Grenzlinie im Westen ziehen, welche die Aachener Mundart von dem Niederfränkischen abtrennt. Es ist schwer zu sagen, wonach man diese Grenze bestimmen soll, denn, da die beiden Mundarten sehr ähnlich sind, so gehen sie ganz allmälig in einander über. Die Linie auf dem Kärtchen, welche bei Cornelimünster vorbeigeht, gibt an, wie weit nach Westen das Kölnische Rhing und Wing vorkommt, weiter westlich, also auch in Aachen selbst, sagt man Wien, Rhien. Andre Eigenheiten des Aachener Dialects, die aber noch etwas weiter nach Köln hin reichen, sind die Form wier oder vier für das hochdeutsche wir, welches im Niederfränkischen überall mir oder mer heißt, dann die Mehrzahl der Verkleinerungswörter, die auf re gebildet wird, also z. B. die Bänkelchere, die Bömchere, und in der Eupener Mundart: die Bänkelchere, die Bömkere, ferner fehlen im Aachener Platt mir und dir, und statt dessen steht mich und dich, wie wirs oben bei Mettmann und Wülfrath und Düsseldorf gefunden haben.

Wir haben nun noch zu sehen, wie das Niederfränkische, also die Mundart um Köln herum, sich nach Süden hin begrenzt. Da finden wir denn, daß hier ebenso wie im Norden nicht gleich eine ganz andere Mundart sich anschließt, sondern daß es ein Uebergangsgebiet gibt, in welchem sich die nördliche und die südliche Mundart vermischt haben. Welches sind nun die beiden Mundarten, die sich hier vermengen? Die nördliche ist die niederfränkische um Köln, wie wir schon wissen, die südliche aber ist der Moseldialect auf dem linken Rheinufer zu beiden Seiten der Mosel und der Westerwälder Dialect auf der rechten Rheinseite im Westerwald. Diese beiden, der Moseldialect und der Westerwälder Dialect, sind fast ganz gleich und man nennt sie auch zusammen das Mittelfränkische (und zwar die nördlichste Mundart des Mittelfränkischen, denn es gibt noch weiter südlich andre mittelfränkische Mundarten, die uns aber hier nichts angehn). Das Niederfränkische und das Mittelfränkische sind nun aber, wie schon der Name sagt, gar nicht so sehr verschieden, bei weitem nicht so sehr, wie das Niederfränkische und das Niederrheinische es sind. Daher und dann auch deshalb, weil wir jetzt schon ganz in bergigem Lande sind, ist der Uebergangsdialect gar nicht so verwickelt und so toll durch einander geworfen, wie wir es zwischen der Benrather und der Uerdinger Linie gefunden haben. Und so können wir mehrere ganz klare Stufen unterscheiden und Grenzen angeben, wie sich allmälig die eine Mundart in die andre verwandelt.

Die erste Haupteigenthümlichkeit des Mittelfränkischen, die sich von da an südlich in ganz Mitteldeutschland findet, ist die Veränderung von nd im Innern der Wörter in nn, es heißt hier also finnen, binnen, Kinner, gefunne, annersch für finden, binden, Kinder u. s. w. Danach ziehen wir die Südgrenze des Niederfränkischen, also die Nordgrenze des Uebergangsdialects. Sie läuft von der Nordecke des französischen Gebiets bei Malmedy quer durchs Land, geht bei Mehlem und nördlich von Königswinter über den Rhein und trifft an der Ostgrenze der Rheinprovinz grade mit der Grenze zwischen eck und ech zusammen.

Eine zweite, ebenfalls nach Süden hin sehr weit verbreitete Eigenthümlichkeit des Mittelfränkischen ist, daß man nicht mehr Huhs, Hühser, Düwel, Buhren, duren, Muhr, Mührchen sondern Haus, Häuser, Deuwel, Bauern, bauern, Mauer, Mäuerchen sagt, wie im Hochdeutschen, und ebenso nicht mehr schriewen, bliewen, fieren, bießen schmießen, sondern schreiwen, bleiwen, feiern, beißen, schmeißen mit einem ei wie im Hochdeutschen. Danach ziehen wir eine zweite Grenzlinie, diese geht bei Remagen über den Rhein, läuft meist südlich neben der Grenze von Königswinter her, nur im Osten geht sie noch nördlicher als diese, und ganz im Westen theilt sie sich in zwei Arme, zwischen denen die Veränderung von u in au und ü in eu und i in ei schon in einzelnen Wörtern aber noch nicht in allen vorkommt. Eine dritte Grenzlinie wollen wir nun noch ziehen, welche diejenige Eigenthümlichkeit des Niederfränkischen, die am weitesten nach Süden geht, uns angibt, das ist die Form Wing und Rhing für Wein und Rhein. Diese dritte Grenze geht bei Sinzig über den Rhein, wie wir ganz im Anfang schon gelernt haben. Mit ihr geht eine ganz ähnliche Form, nämlich für neun nüng, fast überall genau zusammen, nur im Westen geht nüng oder nöng oder neng noch weiter südlich. Mit diesem nüng oder nöng oder neng haben wir die Südgrenze des Uebergangsgebiets erreicht, und von hier bis zur Mosel herrscht das reine Mittelfränkische.

Zum Schluß wollen wir uns das Ganze noch einmal kurz vor Augen führen und uns die Grenzlinien etwas genauer ansehen. Wir haben also drei Hauptmundarten gefunden: 1) das Niederrheinische von Cleve bis Uerdingen, 2) das Niederfränkische von Benrath bis Königswinter, 3) das Mittelfränkische von Sinzig bis südlich von der Mosel. Dazwischen liegen zwei Striche mit Mischungsmundarten, von Uerdingen bis Benrath und von Königswinter bis Sinzig, endlich läuft am Nordostrand ein Streifen mit westfälischem Platt und im Westen bei Aachen und Eupen sind besondere Mundarten. — Wenn wir uns nun die Grenzlinien auf der Karte betrachten, so kann man zuerst die Beobachtung machen, daß sie alle quer über den Rhein laufen, denn nirgendwo bildet der Rhein selber die Grenze, sowenig zwischen zwei deutschen Dialecten wie auch dem Deutschen überhaupt und dem Französischen. Und das gilt von seinem ganzen Lauf von der Schweiz bis Holland. Zweitens aber sehen wir, daß da, wo Gebirge sind, die Grenzlinien auf der Höhe der Berge laufen. Z. B. die Uerdinger Linie von Kettwig bis bei Wipperfürth, die Benrather Linie von Wipperfürth nach Osten hin, die Königswintrer Linie links vom Rhein; so bilden auch die Hohe Acht bei Adenau und die Schneifel bei Prüm eine Dialectgrenze. Daraus lernen wir denn ganz deutlich, daß die Völkerstämme in alten Zeiten die Thäler der Flüsse und Bäche hinaufgewandert sind, was auch ganz begreiflich ist, denn im Thal lebt man stets geschützter gegen Wind und Wetter und hat Wasser und fruchtbaren Boden. Und als sie endlich bis auf die Höhen hinauf sich ausgedehnt hatten, weil's in den untern Thälern allmälig an Platz fehlte, da — ja da hätten sie ja einfach in's nächste Flußthal hinunter steigen können, sollte man denken! Aber prosit die Mahlzeit! da fanden sie's dort schon grade so besetzt vom Nachbarvolksstamm, und da sagten sie sich „guten Morgen, Herr Nachbar!" und sahen zu, wie sie daheim noch ein Plätzchen fanden. So kommts denn, daß seit so alten Zeiten, denn über 1000 Jahre sind doch seitdem schon vergangen, sich die Grenzen der Dialecte und, was ja schließlich auf eins hinausläuft, der Volksstämme so treulich bewahrt haben.

Aber wenn's auch allerlei Verschiedenheiten unter all den Dialecten im Rheinland gibt, noch viel größer sind doch die Aehnlichkeiten in der Sprache und im ganzen Wesen des Volks. Und Eins haben die Rheinländer all gemeinsam, daran kennt man sie aus: es sind fidele und gescheidte Leute, und wenn's noch so schlimm geht, der Rheinländer ist nicht klein zu kriegen!

Hofbuchdruckerei von L. Voß u. Co. in Düsseldorf.

NIEDERLANDE
BELGIEN
Luxem-
burg
Erklärungen.
Grenze von Uerdingen
Grenze von Benrath
Grenze von Königswinter
Grenze von Sinzig
A Niederrheinische Mundart
a Die Pfalz.
B Westfälische Mundarten
C Mischmundarten
D Bergische Mundarten.
1. Mettmanner Mundart
2. Wülfrather „ „
3. Solinger „ „
4. Remscheider „ „
E Aachener Mundart
F Eupener Mundart
G Niederfränkische Mundart
H Uebergangs-Mundarten
h französisches Gebiet
J Mittelfränkische Mundarten der Mosel und des Westerwaldes
Sprach-Karte
der Rheinprovinz
nördlich der Mosel
bearbeitet von
Dr G. Wenker.
Maassstab 1:925000.
G. Wenker del.